AF317996

LIVRE

DE L'ENFANCE

LAGNY. — Imprimerie de VIALAT et Cie.

LES FÉES

DES ENFANTS

PAR H. ATXEM.

Contes

PREMIER AGE SEPT ANS.

Paris

P.-H. KRABBE, LIBRAIRE-ÉDITEUR

12, rue de Savoie,

ET CHEZ L'AUTEUR, RUE TIQUETONNE, 17

1852

LA
FÉE BLANCHETTE

ET

LA FÉE NOIRE

INTRODUCTION.

Bien que ce petit ouvrage soit destiné à la plus tendre enfance, nous croyons devoir le faire précéder de quelques réflexions adressées à MM. les instituteurs, institutrices et parents; non que, comme auteur, nous attachions de l'importance à ce livre, mais pour leur donner une idée de ce que nous nous proposons de faire.

Jusqu'ici tous les écrits s'adressant aux enfants — du moins ceux que nous connaissons — soit qu'ils parlent au cœur ou à l'intelligence, sortis de cerveaux différents, sont sans liens ni corrélation entre eux.

Nous voulons, nous, prendre l'enfance dès son plus jeune âge, descendre à son intelligence, et harmonisant notre style à sa manière de s'exprimer, monter graduellement avec elle, la suivre dans les progrès de cette intelligence et arriver ainsi à atteindre tous les défauts des enfants, soit qu'ils partent du cœur, de la fréquentation, ou qu'ils aient pour source une tout autre cause.

Outre les vices du cœur qui poignent chez lui, déjà dès son âge le plus tendre, l'enfance est sujette à une multiplicité de défauts.

Égoïste par nature, dominateur par instinct, ardent au plaisir, l'enfant est toujours attentif à surprendre les moindres faiblesses de ceux qui l'entourent, pour les tourner à son profit; c'est ce que nous nous promettons de lui faire toucher du doigt, de lui en faire apprécier les conséquences; de le prendre sur le fait, enfin.

Esclave de sa vagabonde imagination à laquelle il obéit sans cesse, nous voulons lui signaler tous les écueils qu'il entr'ouvre sous ses pas, les lui faire fortement sentir et apprécier.

Dans nos Contes, Histoires ou Conversations, nous introduirons graduellement tout le drame nécessaire pour l'attacher; nous suivrons la vivacité de son imagination afin de forcer sa paresse elle-même, à nous lire avec goût.

Tantôt nous emprunterons aux fées leur mythologie; tantôt nous recourrons à d'autres mythes; tantôt, rapprochant les circonstances et les faits, nous resterons dans la vie naturelle ; enfin nous ferons user les divers ressorts selon l'âge, le vice ou le défaut que nous mettrons en jeu, mais de manière cependant à ne jamais effrayer un enfant, et à le dégager au contraire, de toute idée superstitieuse.

C'est ainsi que nous avons agi dans notre livre ayant pour titre le *Grand-papa ;* c'est ainsi que nous agissons encore aujourd'hui.

Si la fée NOIRE est terrible, la fée BLANCHETTE, est bonne, elle ne demande pas mieux que d'être l'amie des enfants, et la fée BLANCHETTE a toute puissance sur l'autre, et l'autre ne peut rien en dehors de la volonté de BLANCHETTE.

LE

MAUVAIS CŒUR PUNI

LE

MAUVAIS CŒUR PUNI.

———

Il faisait nuit, le vent soufflait avec une violence extraordinaire, et la terre était couverte de neige gelée, aussi faisait-il un froid, mais un froid si vif, qu'on le ressentait même auprès du feu.

Voilà donc que pendant qu'il faisait si froid, dans une maison d'un village que l'on nomme Mazargues, il y avait un papa, une maman, un petit garçon et une petite fille, toute une famille enfin, se pressant autour du foyer ; là, ils se serraient les uns contre les autres afin de se réchauffer, car le froid était si grand qu'ils le ressentaient encore, bien qu'ils fussent auprès d'un bon feu.

On appelait le papa de cette famille, M. Durand, et la maman, madame Antoinette Durand, mais, on ne l'appelait guère que madame Antoinette, dans le but d'abréger son nom.

Le petit garçon s'appelait Jules et sa petite sœur Thérèse; Thérèse avait sept ans et demi et Jules près de neuf ans, et il était méchant, méchant au point de se faire détester de tout le monde.

M. Durand n'était pas riche, tant s'en faut; il ne possédait qu'une petite propriété, mais il la cultivait lui-même, et il aimait tant le travail qu'il lui faisait produire beaucoup de récoltes; du blé, pour le donner au boulanger afin d'en faire du pain, beaucoup de raisins dont il faisait lui-même le vin; des pommes de terre, des haricots, des fruits de toute espèce; de tout, de tout enfin, à tel point que, sans être riche, ni lui, ni ses enfants, ni leur maman ne manquaient jamais de rien.

Un autre à sa place, s'il avait été fainéant, aurait manqué de tout, mais M. Durand savait que le travail est la première richesse, il était assez heureux pour que le sien, de travail, ne dépendît pas de la volonté d'autrui, car ayant une petite propriété, il n'était pas obligé d'aller travailler chez les autres. Cette petite propriété, la travaillait-il, la travaillait-il! au point, comme je viens de vous le dire, de lui faire produire pour tous les besoins de sa famille.

N'oubliez jamais, mes petits amis, que le travail est la première richesse, la sauvegarde de la vertu et la source de l'indépendance ; mais, vous êtes trop jeunes encore pour me bien comprendre, mes petits anges, remettons la partie à une autre fois ; mon intention est de marcher avec vous, de croître avec vous, de développer mon intelligence avec la vôtre et d'être par conséquent, toujours auprès de vous, votre ami, votre guide peut-être ; parlant de mon mieux votre langage, vous montrant vos fautes pour que vous n'en commettiez plus, indiquant vos penchants pour diriger les uns, redresser les autres, mais sévissant de toute la sévérité de l'honnête homme courroucé lorsqu'il s'agira de vices, car vous ne devez pas en avoir, mes bons enfants ; vous êtes trop gentils, trop sages, pour ne pas vouloir que tout le monde vous aime, et les enfants vicieux sont rebutés de tous, vous le savez.

Mais revenons à notre conte.

Voilà donc que chacun, assis autour du foyer, se chauffait à qui mieux mieux, écoutant un conte que leur racontait madame Antoinette leur bonne petite mère.

D'ordinaire Jules ne jouissait guère des contes de sa maman; je vous l'ai dit, il était méchant, et alors sa maman ne lui disait pas de contes; mais pour ne pas priver la petite Thérèse du plaisir de les entendre, ce qui aurait été injuste, et pour punir Jules comme il le méritait, assez souvent on l'envoyait se coucher, mais ce jour-là, ayant été sage, sa maman le garda auprès d'elle et il jouissait comme sa sœur du plai-

sir d'entendre raconter le conte des petits Savoyards, lorsqu'il se fit un tout
petit bruit à la porte d'entrée de la
maison : un tout petit bruit, on aurait
dit une plainte, un gémissement.

Alors, sans se communiquer sa pensée, chacun de son côté prêta l'oreille,
écouta avec toute son attention, mais
le bruit qu'on avait entendu ne se
reproduisit pas.

— C'est drôle, dit le papa, M. Durand, c'est drôle, j'avais cru entendre
un son plaintif à la porte de la rue.

— Et moi aussi, répond la maman,
madame Antoinette, il paraît que nous
nous serons mépris.

— Oh ! non, fait Thérèse, je l'ai
bien entendu moi ; c'est quelqu'un qui
se plaint.

— Tu crois, mon enfant, ajoute le
papa.

— Mais oui, je le crois, reprend la petite fille; eh! tiens, je ne me trompais pas, on vient de se plaindre encore; va voir, Jules, toi qui es plus près.

— Vas-y toi-même, répond Jules; et il accompagna sa réponse d'un haussement d'épaule en signe de moquerie.

Aussitôt, Thérèse se lève pour aller vers la porte, mais le papa l'arrête avec sa main et en même temps qu'il la fait se rasseoir, il dit à Jules d'un ton sec :

— Allez ouvrir, monsieur! puis il ajoute, reste là, ma fille; c'est à ton frère, plus âgé que toi, à y aller.

Jules aurait bien voulu se dispenser d'obéir, il était si méchant qu'il l'aurait bien fait, et sans se gêner encore; mais son papa lui avait dit *vous* en lui ordonnant d'aller ouvrir, et sur un ton, un ton qui lui fit craindre d'être puni s'il n'obéissait promptement. Jules se lève donc et se dirige vers la porte, en grommelant entre ses dents.

C'est si vilain ça, mes enfants, de grommeler entre ses dents, et si impoli, que si son papa l'avait entendu il l'aurait joliment corrigé, je vous en réponds; sa sœur l'avait entendu, mais trop sage pour être rapporteuse, elle n'en avait rien dit.

Voilà donc que Jules se dirigeait vers la porte, mais si lentement, si lentement que M. Durand, impatienté de le voir agir avec tant de mauvaise grâce, lui cria de sa voix forte :

— Veux-tu que j'aille t'accompagner! ces paroles firent tressaillir le petit garçon; il se dépêcha vite; oh! oui, il se dépêcha vite.

A peine, Jules eut-il ouvert la porte pour voir d'où provenait le son plaintif qu'on venait d'entendre, qu'il entra un chien, un petit chien tout blanc, maigre, laid, sale, mais sale, tout crotté ; il était vilain, mais vilain, vous ne pouvez pas vous le figurer.

Aussitôt que le chien passa devant lui, il lui lança un grand coup de pied, en disant :

— Dégoûtante bête, me faire déranger ainsi !

Le chien poussa un cri.

— Vous êtes bien méchant, monsieur Jules, lui dit sa mère, et tôt ou tard vous aurez à vous en repentir, car les méchants sont toujours punis quand ils sont petits, et malheureux quand ils sont grands.

Jules restait debout, se pinçant les lèvres pendant que sa maman lui parlait ainsi, lorsqu'elle ajouta :

— Refermez la porte et venez reprendre votre place.

— Pourquoi est-il si vilain! répond le petit méchant.

— As-tu le droit de lui en vouloir parce qu'il est vilain? reprend le papa; et dans ce cas encore aurais-tu celui de lui faire du mal? tu ne l'as pas plus ce droit-là, qu'un autre qui ne te trouverait pas à son goût, n'aurait celui de te faire souffrir.

—Alors cet autre serait un méchant, dit Jules.

— Alors cet autre serait ce que tu es toi-même, un méchant, un vilain, un mauvais cœur, répond M. Durand.

— Mais moi, c'est différent, je ne suis pas une bête, reprend le petit garçon.

— Raison de plus pour comprendre, continue le papa, que cette bête ne s'est pas faite elle-même, et soit bête ou homme, pour ne pas faire aux autres ce que nous ne voudrions pas qu'on nous fît. Si cette bête s'était faite elle-même, pensez-vous, si les bêtes ont le sentiment du beau, qu'elle se fût faite aussi laide ? certainement non ; mais laissons les bêtes et reportons-nous sur les personnes : y en a t-il une seule qui, si elle avait la possibilité de se former à sa guise ne se fît la plus belle entre toutes les belles ?

— Je crois bien, dit Thérèse ; moi je voudrais être aussi belle que ma poupée bleue.

— Et toi-même, reprend M. Durand, est-ce que tu garderais ton gros nez et ta figure maigre et allongée ? tu n'es pas beau, mon ami, bien loin de là ; tu peux m'en croire.

Le papa savait bien que c'était très-vilain de parler de la laideur des personnes, parce que, comme il venait de le dire, on ne se fait pas soi-même et qu'il n'y a pas de sa faute à être laid ; mais, pour donner une leçon à son fils, il avait voulu lui faire comprendre que tel qui se croit à l'abri de la critique est bien souvent plus critiquable qu'un autre.

Comprenez-le bien, mes petits amis, souvent on a une si bonne opinion de soi-même, qu'on se croit beaucoup mieux qu'on ne l'est. Alors qu'arrive-t-il ? que les personnes que l'on fréquente se gardent bien, par politesse, de vous dire que vous êtes dans l'erreur, que vous vous trompez, que vous êtes loin de ce que vous vous croyez ; mais si ces personnes se gardent bien de vous le dire à vous-même, elles n'en font pas la petite bouche entre elles, dès que vous n'y êtes plus ; elles se moquent de vous, vous tournent en ridicule, et vous prêtez à rire sans vous en douter ; aussi, mes enfants, gardez-vous bien de ce défaut, qui est celui de la vanité.

— Moi, je ne me moque jamais de personne, dit la petite Thérèse.

— Tu n'en es que plus sage et plus gentille, lui répond son papa.

— Vois, je me fâche toujours lorsque mes amies plaisantent Joséphine sur ce qu'elle est bossue.

— C'est très-bien, ma fille, dit sa maman, en lui donnant un baiser ; c'est très-bien.

— Que l'on se moque des défauts, des vices, cela se conçoit et cela se devrait même, afin de nous corriger les uns les autres, et de devenir meilleurs, parce que, les vices et les défauts, on se les donne soi-même.

— Comme moi, interrompt Thérèse,

quand vous vous moquiez toujours de ce que je mettais mes doigts dans le nez; aussi je m'en suis corrigée et quand les autres petites filles de l'école le font je le trouve très-vilain.

— Que l'on plaisante les gens qui ont des manies, cela se conçoit, parce qu'ils peuvent facilement s'en dégager; mais se moquer d'un malheureux! fi donc! il faut, comme Jules, avoir un mauvais cœur.

— Comme moi, l'autre jour; tu sais, lorsque je pleurai parce que j'aurais mieux aimé la poupée qu'on donna à ma cousine que la mienne, reprend Thérèse; mais cela ne m'arrivera plus, va; je comprends combien j'étais sotte.

Jules, pendant cette conversation, ne disait pas un mot, un seul mot, au contraire, il était si méchant qu'il affectait même de ne pas l'entendre.

— Et puis encore, ajoute Thérèse, vous ne savez pas ; hier, à table, on ne me donna point mon joli verre, celui que mon parrain m'a acheté ; eh bien ! j'en étais bien dépitée, et après dîner, je pleurai toute seule.

— Bonne amie, fait madame Antoinette pressant Thérèse contre son cœur et l'attirant sur ses genoux.

— Oh ! je n'y reviendrai plus, à pleurer de si peu de chose ; je craindrais trop qu'on se moquât de moi, je n'y reviendrai plus, tu peux être tranquille.

— Savez-vous de quoi les enfants doivent être dépités, doivent pleurer, c'est lorsqu'il y a de leur faute, lorsqu'ils n'étudient pas ou sont méchants ? C'est de se laisser devancer par les autres à l'école, d'être moins obéissants, moins sages qu'eux, voilà de quoi ils devraient toujours pleurer ; c'est lorsqu'ils ne sont pas assez gentils pour mieux faire.

Jules restait toujours sur sa chaise, immobile et sans rien dire.

Le chien, timide d'abord, s'était, petit à petit, pendant ce dialogue, insensiblement rapproché du foyer, au point qu'il se trouvait au milieu du cercle que formait la famille autour de l'âtre.

— Comme il est sale ! dit Thérèse.

— En effet, reprend la maman.

— Si vous voulez, continue Thérèse, demain à mon retour de l'école, je ferai chauffer de l'eau et puis je le savonnerai bien.

Le chien se retourna vers Thérèse et la regarda ; mais son regard avait une expression si prononcée que le papa et la maman dirent à la fois :

— Comme il te regarde, ma chère fille ; on dirait qu'il comprend ce que nous disons.

Aussitôt, le chien baissa la tête.

— C'est tout de même extraordinaire que cette manière de faire ; voilà qu'il baisse la tête maintenant.

Le chien ne remua plus.

Il était dix heures ; c'était l'heure de s'aller coucher, on se lève et l'on se dirige vers la chambre à coucher, laissant le chien auprès du feu : Jules reste le dernier ; et pourquoi ? pour faire encore un de ses tours, une méchanceté. Aussitôt qu'il est seul, assuré qu'on ne peut le voir ; v'lan ; il lance un grand coup de pied sur le chien. Le chien pousse un cri ; pauvre chien ! il lui avait fait bien mal. A ce cri, M. Durand se retourne : que fais-tu, méchant que tu es ? dit-il à son fils d'un ton sévère.

— Moi, rien, mon papa, répond ce menteur.

— Comment, rien ? mais le chien ne

crierait pas si tu ne lui avais rien fait, reprend le papa.

— Je t'assure que non, ajoute Jules.

— Tu me trompes, dit M. Durand ; méchant et menteur à la fois, c'est bien vilain, Jules !

— Je te jure que non ! reprend ce petit polisson ; peut-être il se sera brûlé, et voilà ce qui l'a fait crier.

— Taisez-vous, lui dit son papa.

M. Durand pensait bien que Jules mentait, mais il n'en était pas certain, il n'avait pas vu ce qui avait provoqué les cris du chien, et dans le doute, il ne punissait pas Jules.

Les papas et les mamans, voyez-vous, mes enfants, éprouvent un grand regret à vous punir ; il leur en coûte beaucoup d'en venir à ce point avec vous autres, car ils vous aiment tellement qu'ils endureraient de grand cœur

vos souffrances pour vous les épar-
gner ; aussi, n'est-ce que quand ils
sont bien sûrs que vous avez commis
la faute, qu'ils vous la font sentir ; non
pas qu'ils aient le désir de vous la reprocher ; oh ! non, bien certainement
non ; mais pour vous en corriger, car,
si vous saviez comme ils sont heureux
alors que leurs enfants sont bien gentils ! et comme ils souffrent, au contraire, quand ils sont maussades et
méchants !

Le papa donc ne punit pas Jules,
bien qu'il se doutât fortement qu'il
avait battu le chien ; parce qu'aussi les
papas et les mamans veulent bien savoir les choses avant de se prononcer,
parce que les papas et les mamans ne
doivent jamais avoir tort, ne doivent
jamais être injustes ; et ils s'expose-
raient à avoir tort, à être injustes s'ils se

prononçaient ainsi sans certitude et sans réflexion.

Aussi le papa ne poussa pas plus loin la chose, seulement il dit à son fils, d'un ton, mais d'un ton à lui prouver qu'il n'était pas dupe de son mensonge :

— Allez vous coucher, monsieur, et passez devant moi.

Le lendemain quand on se leva, il faisait froid aussi, bien froid, autant et même peut-être plus que la veille.

Comme d'habitude, les enfants, après leur déjeuner partirent pour l'école.

A leur retour, Thérèse n'eut rien de plus empressé que de venir vers sa maman.

— Veux-tu, maman, lui dit-elle, me permettre de faire chauffer de l'eau pour laver le chien ?

— Bien volontiers, ma fille, lui répond madame Antoinette.

Aussitôt la petite et gentille Thérèse va prendre un grand pot, le remplit d'eau et le place, à chauffer, contre le foyer.

Jusqu'alors, on ne s'était occupé du chien que pour lui donner à manger, et le chien était resté toute la journée auprès de l'âtre.

— Pauvre bête, disait Thérèse, regardant le chien, pendant que son eau chauffait; pauvre bête, pauvre chien! il a perdu son maître, et peut-être cette nuit serait-il mort de froid, à notre porte, si on ne la lui avait pas ouverte; pauvre bête!

— Certainement, ma bonne, Thérèse, répond madame Antoinette, certainement qu'il serait mort de froid.

Cette conversation offusquait Jules;

dans sa méchanceté, il était jaloux qu'on s'occupât du chien et il aurait voulu lui faire tout le mal possible ; le tuer même ; voyez s'il était méchant.

Il ruminait dans sa tête quel moyen il emploierait pour exercer sa vengeance contre ce pauvre chien qui ne lui faisait aucun mal, qui ne lui portait aucun préjudice, lorsque madame Antoinette et Thérèse sortant de la salle à manger le laissèrent seul avec le chien.

Aussitôt, d'une main il le prend par le cou, de l'autre il lui ferme la bouche pour qu'il ne puisse pas crier, et crac, il l'emporte hors de la maison, se dirige vers une mare, fait un trou dans la glace avec son talon, y précipite le chien, espérant qu'il s'y noierait, et rentre tranquillement s'asseoir auprès de l'âtre ; mais aussi tranquillement que s'il n'avait pas commis une vilaine action.

L'eau était chaude; Thérèse rentre, suivie de sa mère, à la salle à manger; elle cherche le chien pour le laver et ne le trouve pas.

— Tiens, le chien n'y est plus, dit-elle, en se retournant vers sa maman, pauvre petite bête; tu ne l'as pas vue, ma mère?

— Non, ma fille, répond madame Antoinette.

— Et toi, mon frère? demande-t-elle à Jules.

— Est-ce qu'on me l'a donné à garder, reprend Jules d'un ton malhonnête.

— On ne te l'a pas donné à garder, dit madame Durand, mais tu aurais pu savoir ce qu'il est devenu.

— Si je le savais, je l'aurais dit de

suite, continue Jules sur un ton bref et impatienté.

— Sais-tu, Jules, que ta maussaderie commence à me lasser.

Jules baissa la tête et se tut.

Je crois bien qu'il devait se taire ce méchant-là, car qu'aurait-il pu dire? mentir encore? mais, c'était bien assez de mensonges comme ça, pour être bien vilain et bien dégoûtant!

— Pauvre bête! fait Thérèse en poussant un gros soupir; le froid va la tuer.

— Ne te chagrine pas, ma bonne petite Thérèse; il aura flairé son maître ou quelqu'un de sa maison passant dans la rue, et il l'aura suivi.

La maman le croyait ainsi, car bien qu'elle sût que Jules était un méchant, tout à fait méchant, elle était bien éloignée de penser qu'il venait de commettre une aussi vilaine action que celle de jeter le chien dans la mare.

Et puis, vous le savez, mes enfants bien-aimés, les chiens ont un odorat si fin, si fin, si subtil, qu'ils sentent de très-loin les personnes qui leur font du bien et principalement leurs maîtres ; aussi, vous comprenez bien qu'il n'est pas étonnant que la maman fût bien éloignée de se douter de rien de ce qui venait de se passer.

Le papa rentra, il revenait de travailler aux champs ; le dîner était préparé et l'on se mit à table : voilà qu'on commençait à peine à manger la soupe qu'on entendit un petit bruit à la porte, tout petit, tout petit, comme si on la grattait légèrement, et bien légèrement encore, au point que personne ne bougea.

Une minute après, on entend répéter le même bruit ; la première fois on avait cru que ce bruit était l'effet du vent.

— Qui est là? demande M. Durand.

— Hiiii, fait, du dehors, une petite voix; c'était le chien qui poussait cette articulation comme pour répondre à la demande de M. Durand.

Au même instant la figure de Jules se colora; il devint rouge, rouge. Ce mauvais sujet croyait avoir noyé le chien et en reconnaissant le cri qu'il faisait de l'autre côté de la porte, il comprit que tout allait se découvrir; aussi, eut-il une grande frayeur, bien grande, allez.

Le papa présumant qu'il y avait encore quelque mauvais tour de Jules là-dessous, lui dit sèchement :

— Allez ouvrir, Jules.

Cette fois-ci le petit garçon ne se le fit pas dire deux fois; il avait trop à craindre pour agir de mauvaise grâce, aussi s'empressa-t-il d'aller ouvrir.

Le chien entra, il était tout mouillé, de partout, et il grelottait, il grelottait de tout son corps, car il avait bien froid ; jugez s'il devait avoir froid ; il était tout mouillé par le temps qu'il faisait ; aussi comme ses dents claquaient les unes contre les autres ; mais si fort qu'il ne pouvait pas manger la soupe qu'on venait de lui donner.

Jules était tout interdit, tout confus ; sa contenance décelait sa mauvaise action : c'est ce qui arrive ordinairement aux enfants qui, n'étant pas sages, font quelque chose de répréhensible, et puis tout ne se découvre-t-il pas ? ils ont beau vouloir se cacher quand ils font mal, ils ont beau croire qu'on ne les voit pas, qu'on ne le sait pas, tout se découvre. C'est ce qui arriva à Jules, vous allez le voir.

Thérèse s'était levée de table, avait essuyé le chien, l'avait placé auprès du feu et lui avait apporté une portion de sa soupe pour qu'il pût la manger tout en se réchauffant.

Elle venait de se rasseoir à table, lorsque l'on heurte à la porte.

On ouvre.

— Bonjour, maître Pierre; quel bon vent vous amène, à cette heure-ci? dit le papa au monsieur qui venait d'entrer.

— Bonsoir, monsieur Durand et la compagnie, répond maître Pierre; je viens vous porter plainte.

— Ah çà, demande le papa, et contre qui?

— Contre le petit Jules...

— Moi, je n'ai rien fait, interrompt le méchant.

— Contre Jules, continue M. Pierre, qui soit en allant, soit en revenant de l'école, s'amuse à lancer des cailloux à mes poules ; à tel point qu'il m'en a estropié plusieurs.

— Ce n'est pas vrai, répond Jules, en baissant toutefois la tête ; car voyez-vous, mes petits amis, quand on ment il y a toujours quelque chose qui le fait deviner ; aussi, ce n'est pas vous qui mentirez jamais, vous êtes trop sages pour cela faire.

— Taisez-vous, petit polisson, dit le papa à son fils.

— Comment, ce n'est pas vrai ? reprend maître Pierre, c'est aussi vrai que comme tout à l'heure il est vrai que je vous ai vu casser la glace de la mare, et y jeter un petit chien tout blanc ; et tenez le voilà, ajoute maître Pierre en désignant du doigt le petit chien qui commençait à peine à manger sa soupe.

Jules aurait voulu être loin, bien loin, pour se soustraire à ce qui ne pouvait pas manquer de lui arriver; ce n'étaient pas des fautes qu'il avait commises; ce n'étaient pas des fautes qu'on pardonne quelquefois quand les enfants promettent de ne plus les commettre; ce n'étaient pas des fautes, c'étaient des méchancetés, qu'il fallait punir, et bien sévèrement encore, car Dieu nous préserve d'un mauvais cœur; et, voyez-vous, les papas et les mamans auraient grand tort, ils seraient bien coupables s'ils n'apportaient tous leurs soins à corriger les enfants méchants.

— Votre méchanceté est si grande, votre conduite si barbare, dit M. Durand à son fils, qu'à dater de ce moment, j'userai de la plus grande rigueur envers vous, jusqu'à ce que vous soyez entièrement corrigé; sortez de table, Monsieur, sortez, et allez de suite vous coucher ; de suite, entendez-vous bien.

Il n'y avait pas à regimber contre un pareil ordre, aussi, Jules se lève; il se dirigeait vers la chambre, lorsque M. Pierre demanda grâce pour lui.

— Non, monsieur Pierre, non ; je lui ai fait grâce trop de fois, et il en a toujours abusé, pour que je sois faible désormais.

Maître Pierre se tut.

— La punition serait trop douce, continue le papa s'adressant à son fils, si je ne vous imposais que de sortir de table et de vous aller coucher; venez ici !

Jules s'approche, l'oreille basse, et tout craintif.

— C'est vous qui avez mouillé ce chien, c'est à vous à le sécher : allez le prendre et tenez-le auprès du feu jusqu'à ce qu'il soit aussi séché qu'il l'était lorsque vous l'avez emporté pour le jeter dans la mare.

M. Pierre souhaite le bon soir et se retire.

Jules fut prendre le chien, bien à contre-cœur ; mais, bon gré mal gré, il n'osa pas montrer même la plus petite mauvaise volonté : il était assuré d'avance de ce qui lui arriverait ; car, cette fois-ci, son papa ne paraissait pas disposé à fléchir.

Il fut donc prendre le chien, et, comme venait de le lui ordonner son père, il le tenait auprès du foyer, alors qu'il pousse un grand cri : Aïe ! fait-il, *je me brûle !*

Au même instant, il se lève spontanément, élève le chien qu'il tenait, et comme s'il ne pouvait résister à la chaleur du foyer, et si la douleur lui avait fait perdre la tête, il lance le petit chien, qui vient tomber juste au milieu de ce brasier enflammé.

En même temps que, tout couvert de brûlures, le pauvre chien se sauvait en poussant des hurlements douloureux, et que M. Durand se lève pour venir fouetter Jules, en même temps l'on entend dans le mur : rrrrrit, frrrrrit, un bruit comme qui dirait le frôlement d'une robe, mais plus fort, plus prononcé, comme quand l'on ferme les rideaux.

Tout aussitôt, voilà que la muraille se lézarde ; la crevasse du mur, étroite d'abord, s'élargit, s'élargit ; puis, tout à coup, de cette large fente il sort une fée laide, laide, oh ! mais laide... à faire peur. Décrépite, vieille, les yeux petits, le nez pointu, pincé et tout barbouillé de tabac, les lèvres minces, pâles, le teint jaune et livide, le cou long et décharné ; oh ! elle était laide, mais laide... Et puis encore sa tête, sans cheveux, était recouverte d'une perruque faite avec des serpents et des couleuvres, qui retombaient, comme des cheveux mal peignés, le long de ses joues et sur son front ; oh ! elle était horrible, à faire peur !

Et puis elle était habillée d'une longue robe noire, usée, usée, faite en forme de sac, sans taille, et si longue qu'elle traînait par terre de tous côtés, et sale, mais sale, et toute tachée. Oh ! elle était bien horrible, je vous en réponds !

— Ah, méchant ! s'écrie-t-elle s'adressant au petit Jules, et faisant claquer un fouet fabriqué avec des couleuvres attachées ; ah, méchant ! je viens te donner le prix de tes méchan-

cetés et de tes mensonges ; et aussitôt : v'lin, v'lan, v'lin, v'lan ; voilà
qu'elle lui donne une dégelée de coups
de fouet de couleuvres que c'était
pitié. Puis, quand elle l'eut bien frappé :
— Ah ! tu as poussé la méchanceté jusqu'à précipiter le chien dans le feu, tu
as tenté de le noyer, tu l'as frappé ; et
tout cela sans que cette pauvre bête
t'ait rien fait de préjudiciable ; sans
qu'elle t'ait fait rien du tout ; eh bien !
reçois le juste châtiment qui t'est dû :
sois chien à ton tour. Soudain la fée
Noire touche Jules de son fouet de couleuvres ; et crac ! voilà Jules changé en
chien. Et quel chien ! bon Dieu ! sale,
plus sale que l'autre, borgne, boiteux,
chassieux, baveux ; oh ! bien vilain,
bien dégoûtant, vous pouvez m'en
croire !

Pendant cette scène, Thérèse, la gentille et charmante Thérèse pleurait; elle était bonne et elle aimait son frère; aussi elle aurait bien voulu le soustraire au châtiment de la fée Noire.

Le papa et la maman étaient stupéfaits; et le petit chien (pas Jules, l'autre), malgré que ses brûlures le fissent bien souffrir, restait dans un coin sans pousser le moindre cri.

Cependant Thérèse se hasarde à parler à la fée:

—Bonne fée, lui dit-elle en pleurant, bonne fée, pardonne à mon frère; il ne le fera plus.

— Impossible, petite fille, lui répond la fée; je voudrais vous accorder ce que vous me demandez, parce que vous êtes gentille, vous, parce que vous êtes bien sage, et j'aime toujours les enfants sages; mais impossible, il faut que votre frère soit puni.

Aussitôt, sans attendre la réponse de Thérèse, la fée se retourne vers la porte de la rue et dit : — Porte, ouvre-toi.

Crac! voilà que la porte s'ouvre ; alors la fée, avec son fouet de couleuvres se remet à retaper sur Jules, changé en chien, et si fort, si fort, que, pour se sauver, Jules, le nouveau chien, enfile la porte et s'enfuit hors de la maison. Alors la fée Noire relève sa robe, qui était si longue, vous le savez, qu'elle l'empêchait de marcher, et se met à courir après le chien, à le poursuivre et à le frapper toujours à grands coups de fouet de couleuvres ; et si loin, si loin... que Jules n'est jamais plus revenu ; et cependant, mes enfants chéris, il y a cinq ans de cela.

Depuis cinq ans, ou le chien borgne, ou Jules, s'il n'est plus chien, aurait eu bien le temps de retourner ; mais, sans doute, la fée l'a tellement dépaysé qu'il n'a plus su retrouver le chemin.

Peut-être aussi, est-il allé dans quelque maison, comme le petit chien blanc est venu dans la nôtre, et quelque polisson d'enfant l'a-t-il tué, tant il y a qu'on ignore ce qu'il est devenu.

Jules était bien méchant, bien mauvais sujet ; mais son papa et sa maman étaient si bons qu'ils l'aimaient encore ; aussi les voyait-on bien tristes et bien affligés de ce qui venait de se passer.

La petite Thérèse pleurait ; enfin tous les trois étaient bien à plaindre : les pauvres parents, ils avaient un bien grand chagrin ; et pour qui ? pour un polisson qui ne les aimait pas. Assurément non qu'il ne les aimait pas : il aurait été meilleur s'il les avait aimés. Ce n'est pas vous autres, mes chéris, qui aimez vos papas, vos mamans, vos frères et vos sœurs, qui leur donnerez jamais une pareille peine.

Il y avait tout au plus une minute que le chien borgne, poursuivi par la fée Noire s'était sauvé, lorsque tout à coup, de l'autre côté du mur, se fait entendre un bruit pareil à celui qui avait précédé l'apparition de la fée Noire : rrrrrit, frrrrrit, fait l'autre mur, et il s'ouvre.

Ni papa, ni maman, ni Thérèse n'osaient regarder du côté d'où venait ce bruit ; ils craignaient encore quelque malheur comme celui qui venait de les frapper.

Ils n'avaient pas peur, parce que les papas et les mamans sont toujours à l'abri de tout danger du côté des fées.

et que les enfants sages n'ont rien à craindre; et Thérèse, comme vous le savez, était bien sage; ils n'avaient donc pas peur pour eux-mêmes; mais, sans pouvoir définir pourquoi, ils n'o- saient lever les yeux de ce côté, lors- qu'ils entendirent une voix douce, agréable, harmonieuse, attractive, dire ces mots : — Ma petite Thérèse bien- aimée, je suis la bonne fée de cette maison ; je me nomme Blanchette. Quand les enfants sont bien, bien sages, je sors du mur et me présente à eux toutes les fois qu'ils m'appellent, et je leur accorde tout ce qu'ils me de- mandent ou désirent de raisonnable; quand ils ne sont pas bien sages, ils ont beau m'appeler, je ne sors jamais, et je ne leur accorde jamais rien; et quand ils sont méchants comme le pe- tit Jules, c'est la fée Noire qui sort pour les punir, comme vous l'avez vu tout à l'heure.

Thérèse était tout émerveillée ; ni son papa, ni sa maman ne lui avaient jamais dit qu'il y avait des fées dans les maisons qui surveillaient les petits enfants.

Elle regardait la fée, tout ébahie d'abord d'étonnement, puis de la voir si belle.

Autant la fée Noire était laide et repoussante, autant celle-ci était gracieuse, entraînante et sympathique. Jolie comme un ange, ses beaux cheveux noirs étaient retenus par des épingles en or dont la tête était formée par des pierres précieuses, des diamants, des émeraudes, des topazes, des saphirs de toutes espèces, si bien disposés, si bien arrangés, avec tant de goût qu'elle en était ravissante ; aussi sa figure, belle, belle, en paraissait encore plus jolie. A son cou, blanc comme l'albâtre, elle portait seulement un simple collier de perles fines ; mais il lui allait si bien, si bien, qu'elle était à croquer. Sa robe de gaze blanche sur un transparent de satin blanc, garnie de roses blanches, et ses souliers de satin blanc composaient le restant de sa parure et la rendaient admirable ; à tel point que Thérèse, en la voyant si belle et si bonne, s'écria dans son étonnement :

— Oh ! bonne fée, que je suis contente d'être sage !

— Et heureuse, ajouta la bonne fée, et heureuse ! tu te dois dire aussi.

Aussitôt elle tire du mur une poupée qui marchait seule et la lui donne ; puis elle en prend une autre jolie, jolie, grande, qui remuait les yeux et disait *Thérèse*, *papa*, *maman*, et la lui donne ;

puis elle prend un beau livre de contes, les plus jolis qu'il y ait, et les lui donne; puis elle prend encore des joujoux, des boîtes, un ménage, un petit lit pour la grande poupée, un berceau pour la petite poupée, et les lui donne.

—Merci, merci, bonne fée! fait Thérèse en prenant tous ces objets.

Cependant Thérèse n'était pas tout à fait contente, bien que ces cadeaux que lui valait sa sagesse, lui fissent bien plaisir ; le souvenir de son frère, de ce mauvais garnement de Jules, l'attristait; la fée s'en aperçut ; alors elle descendit du mur et vint embrasser Thérèse.

—Continue d'être si sage et si bonne, lui dit-elle, et tu seras toujours ma protégée. Puis elle ajouta : — C'est une nécessité de punir les enfants méchants. Quand ils le sont comme Jules, vois-tu, mon amie, si on ne les punissait pas, ils deviendraient plus méchants chaque jour , et quand ils seraient grands, ils traiteraient les pauvres enfants, Dieu sait comme. Souvent il arriverait que, pour le plaisir de satisfaire leur méchanceté, ils battraient l'un, tueraient l'autre, casseraient un bras à celui-là, couperaient le nez à celui-ci. C'est bien malheureux pour toi et pour ton papa et ta maman, que ton frère soit ainsi; mais consolez-vous, il reviendra dans sept ans, corrigé, sage et bien gentil.

Et tenez, le petit chien que voilà, et qui hier soir regardait Thérèse avec tant d'expression, comme pour la remercier, continue la fée, n'est autre qu'une petite fille méchante comme Jules : vous le voyez, il cherche à se se cacher, il a honte qu'on sache son affaire ; mais elle a tant et tant souffert depuis qu'elle est chien, qu'elle se repent beaucoup de n'avoir pas été sage.

En effet la fée Blanchette avait bien raison de dire cela, puisque, caché dans un coin, on pouvait voir les yeux du petit chien comme mouillés de larmes. Oh ! je crois bien qu'il pleurait, et que si jamais il peut redevenir fille, elle sera bonne, douce, appliquée et sage comme Thérèse.

Alors la fée Blanchette fit un mouvement avec sa baguette, une baguette d'or qu'elle tenait à la main, et aussitôt la fée Noire reparut.

Les fées vont aussi vite que la pensée ; aussi ne devez-vous pas trouver étonnant qu'elle ait conduit, à coups de fouet de couleuvres, Jules si loin, et qu'elle se soit trouvée auprès de la fée Blanchette dès que celle-ci a désiré qu'elle revînt.

Cette fois la fée Noire entra par la porte.

Dès que la petite Thérèse l'aperçut, elle fit un mouvement de frayeur et se jeta contre son père.

— N'ayez aucune peur, ma fille, lui dit la fée Blanchette : d'abord la fée Noire n'est méchante que pour les enfants méchants, et puis elle est sous ma dépendance et ne peut faire que ce que je veux ; aussi, ma chère Thérèse, ni toi, ni les autres enfants sages, n'avez pas à craindre qu'elle sorte jamais.

Ces paroles rassurèrent Thérèse ; elle comprit qu'il n'y a que les enfants qui font de mauvaises actions qui aient à redouter les fées noires, et que les autres peuvent être tranquilles et assurés que, quoique les fées les voient toujours, si elles se montrent, ce ne sera que pour leur donner de petits

cadeaux, afin de les encourager à continuer d'être gentils et sages.

Alors la fée Blanchette dit à la fée
Noire :

— Rentrez !

Et la fée Noire rentre et le mur se
referme comme si jamais il n'avait été
lézardé ; puis la fée Blanchette embrasse
la petite Thérèse, lui donne son collier
de perles fines et lui dit :

— A revoir ! continue d'être sage, et
de temps en temps je viendrai te visiter.

A l'instant, elle saute dans le trou
du mur, disparaît et le trou se referme.

LA

PETITE GOURMANDE

LA PETITE GOURMANDE.

CONTE.

Dans une maison de la rue du Faubourg du Temple, à Paris, il y avait une fois une petite fille gourmande, gourmande.

Elle habitait la maison n° 46.

Il y avait donc à Paris, rue du Faubourg du Temple une petite fille qui s'appelait Augustine. Elle avait sept ans : à cet âge les enfants sont déjà sages et bien gentils, mais, malheureusement il n'en était pas ainsi d'Augustine.

Comme je vous l'ai dit, elle était gourmande, mais gourmande à désespérer tout le monde, vous allez voir :

Cependant il faut que d'abord, avant de commencer cette histoire, je vous parle du papa, de la maman, du frère et de la sœur d'Augustine.

Le papa et la maman d'Augustine étaient pauvres, ils ne possédaient rien, rien que leur travail, et malgré qu'ils travaillassent depuis le grand matin, au point du jour, jusque bien avant dans la nuit, leur travail leur était si peu, si peu payé qu'à peine parvenaient-ils à gagner de quoi se nourrir et s'habiller eux et leurs enfants, et de quoi payer leurs mois d'école, leurs livres, le papier, les plumes et toutes les autres choses qu'ils y usaient.

Et cependant, par amour pour leurs enfants, ce papa et cette maman préféraient travailler toujours, sans se reposer jamais, jamais, plutôt que de laisser leurs enfants grandir sans rien apprendre et de les exposer ainsi à regretter plus tard de ne rien savoir et à être le point de mire des plaisanteries des autres qui se seraient moqués d'eux.

Oui moqué ; et cela arrive chaque jour ; on se moque de ceux qui ne savent rien.

Aussi, si les enfants voulaient se donner la peine de le comprendre, ils verraient comme il faut qu'ils soient aimés pour qu'on se prive de tant de choses pour eux, pour qu'on travaille tant pour eux, pour qu'on se donne tant de soins pour eux ; mais, non, les enfants ne veulent pas le comprendre ; les méchants s'entend, et ils se figurent que c'est pour les contrarier qu'on les envoie à l'école, pour les fatiguer, qu'on leur fait apprendre des choses, et que c'est pour le plaisir des papas et des mamans qu'on leur fait faire leurs devoirs.

Augustine, comme je vous l'ai dit, mes petits amis, avait un frère et une sœur; son frère était âgé de huit ans et sa sœur de six ans.

Voilà donc que comme le papa et la maman étaient obligés de travailler beaucoup, beaucoup, lorsqu'ils avaient des commissions à faire, des choses à acheter, des ouvrages finis à rendre, des provisions à aller chercher, pour ne pas se déranger de leur travail, ils attendaient que les enfants fussent revenus de l'école, pour les envoyer en commission, tantôt l'un, tantôt l'autre, tantôt tous à la fois, selon les besoins, en ayant soin toutefois de donner les

commissions les plus difficiles au frère
d'Augustine qui était plus grand, et un
garçon encore.

Les commissions ordinaires étaient
réservées pour Augustine et les autres,
les plus faciles, pour la petite...

— Tiens ! voilà que je m'aperçois que
je ne vous ai pas encore dit le nom de
cette petite sœur, ni celui de son frère
je crois ; c'est ça un oubli !

Eh bien, le frère s'appelait Elysée
et la petite sœur Marie.

Voilà donc qu'autant Augustine était
gourmande, autant la petite Marie était
gentille, obéissante et sage, mais sage,
bien sage.

Non-seulement elle s'appliquait à
son école et apportait toujours des
bons points, mais encore elle faisait
toutes les commissions dont on la
chargeait avec une précision, une exac-

titude qui ne laissaient rien à désirer.

Elysée, aurait été bien gentil aussi, s'il n'eût pas été si insouciant et si paresseux; à l'école il travaillait peu; aussi n'avait-il jamais de bons points; à la maison, il faisait bien toutes les commissions qu'on lui donnait, il les faisait, sans répliquer le moindre mot, sans faire le moindre signe de contrariété, il les faisait, mais avec insouciance, restant à chacune d'elles un peu plus de temps qu'il ne fallait.

Voilà que, depuis quelque temps surtout, il arrivait que toutes les fois que la maman envoyait Augustine chercher du sucre, ou des pruneaux, ou des pommes, ou des fraises, ou des gâteaux et bien d'autres choses encore, bonnes à manger, elle trouvait qu'elle en rapportait bien peu pour l'argent qu'elle lui avait donné.

Si au contraire elle envoyait Marie ou Elysée, quelle différence! comme ils en rapportaient davantage pour le même argent.

— C'est pourtant bien drôle, disait la maman au papa, c'est pourtant bien drôle, qu'Augustine rapporte si peu, si peu de ses commissions.

— Pardi, répond le papa, c'est qu'Augustine est une gourmande qui en revenant de sa commission croque une partie de ce qu'elle vient d'acheter.

— Tu crois, reprend la maman?

— Mais c'est cela même, dit le papa.

Pendant que le papa et la maman se parlaient ainsi, les enfants étaient à l'école; dès qu'ils rentrèrent, la maman appelle Augustine dans sa chambre et s'enferme avec elle.

— Ecoute, ma fille, lui dit-elle, comment se fait-il que lorsque c'est toi qui vas chercher le sucre, tu en apportes moins que ton frère ou que ta sœur; les pruneaux, la même chose, les fruits, on t'en donne toujours très-peu, tandis qu'ils en apportent beaucoup pour la même somme d'argent?

Dis, ma fille, continue la maman; est-ce que tu serais gourmande?

— Moi, maman, répond Augustine, je n'y touche jamais.

— Est-ce bien vrai? lui demande ensuite sa maman.

— Bien vrai, bien vrai, répond Augustine.

Alors, pour l'éprouver encore mieux, la maman, qui la soupçonnait de mentir, ajoute :

— Du moment que tu m'en donnes l'assurance, j'irai me plaindre chez les marchands de ce qu'ils te trompent.

— Comme tu voudras, maman, dit

Augustine, tu feras d'autant mieux que je ne touche jamais à rien de ce que tu m'envoies acheter.

Ces réponses, faites avec tant d'assurance, vous le comprenez bien, mes petits amis, persuadèrent la maman, déjà, comme tous les papas et toutes les mamans, disposée à croire son enfant de préférence à tout autre.

Alors, la maman se décide à aller chez les marchands, leur faire des reproches. Elle va prendre son châle et son chapeau et la voilà prête à partir, lorsqu'elle fait réflexion qu'Augustine est un peu menteuse.

Voilà donc qu'elle l'appelle de nouveau, la fait revenir dans sa chambre et là, cette bonne maman, lui dit :

— Je t'en prie, Augustine, ne me trompe pas ; vois quelle serait ma honte, si allant me plaindre à ceux qui te vendent les choses, je venais à apprendre qu'ils t'ont donné le compte et que la gourmandise t'a rendue voleuse ?

— Je t'en réponds, maman, vrai, vrai, je ne touche à rien, tu peux m'en croire, vrai.

— Alors, dans ce cas je sors, mais rappelle-toi bien que tout se découvre et que si tu me trompais tu serais bien vilaine ; et d'autant plus vilaine que pour cacher ta gourmandise, il y aurait un mensonge qui provoquerait une démarche de ta mère auprès de nos marchands, démarche, vois-tu bien, qui me couvrirait de ridicule ; ainsi, mon enfant, dis-moi la vérité.

—Je te l'ai dite, maman, répond Augustine, je te l'ai dite, oh ! tu peux y aller, va, je te l'ai dite.

Vous pensez, mes enfants, qu'après une réponse faite avec autant d'assurance, la maman ne douta plus.

Elle partit.

Tout autre enfant, moins vilain qu'Augustine, en voyant partir sa maman, se serait repenti et eût couru après elle pour la ramener, lui avouer sa faute, lui demander pardon et se corriger ; mais elle, rien.

A peine la maman venait-elle de sortir qu'elle rentra !

Sur la porte elle avait rencontré une de ses amies qui venait lui faire visite ; alors, au lieu d'aller chez les marchands, elle remonta chez elle, ôta son châle et son chapeau, et ne sortit plus de cette journée.

Le lendemain matin, avant l'heure de l'école, le papa, qui ne croyait pas tout à fait Augustine et qui voulait l'éprouver, l'envoie chercher des pastilles de réglisse.

Vous pensez peut-être que tout ce qui s'était dit et fait la veille avait produit quelque impression sur elle, qu'elle était en train de se corriger; mais pas du tout. A peine a-t-elle le cornet de pastilles dans la main qu'elle l'ouvre, en prend une, puis une autre, puis une autre, puis deux; et de pastille en pastille, elle en avait mangé la moitié, lorsque le papa, qui, pour la surprendre, s'etait caché dans la rue, sur son passage, l'arrête au moment où elle avait encore la bouche pleine des pastilles qu'elle y avait mises.

— Ah! petite gourmande, voleuse et menteuse! je t'y prends enfin, s'écrie le papa; tu ne diras pas maintenant que tu ne touches à rien de ce qu'on t'envoie chercher; je t'ai vue.

Augustine s'empresse d'avaler d'un coup de gosier les pastilles qu'elle avait dans la bouche, et d'un ton, comme si elle disait la vérité, elle répond :

— Tu te trompes, papa ; tiens, vois, et elle ouvre la bouche pour lui montrer qu'il n'y avait rien dedans ; mais sa bouche était toute noire encore de réglisse ; elle ne pensait pas que sa bouche noire la trahissait ; si elle l'avait pensé, elle se fût bien gardée de l'ouvrir.

Voilà comme se prennent les menteurs et les gourmands ; toujours une chose ou l'autre les fait découvrir ; ils ont beau faire et beau dire pour se cacher, toujours on le sait. Aussi, mes bons amis, vous qui êtes sages, vous vous préserverez constamment de ces défauts, et des autres aussi, j'en suis certain.

Mais revenons à la gourmande Augustine.

Vous pensez bien dans quelle position devait être son papa? Pauvre papa! avoir une fille si gourmande et si menteuse à la fois, et puis encore voleuse, par-dessus le marché! car c'était voler que de prendre les choses qu'elle prenait pour satisfaire sa gourmandise.

Pauvre papa! il était bien affligé et bien courroucé d'une pareille conduite.

— Assez, mademoiselle, assez! lui dit-il lorsqu'elle lui montra sa bouche; assez! je vous ai vue prendre des pastilles, et je viens de voir votre bouche toute noire.

Cette fois, Augustine baissa la tête et ne répondit pas.

— Marchez devant moi! ajoute le papa d'un ton sec.

Augustine obéit, et bien vite encore.

Arrivés à la maison, le papa dit ce qui venait de se passer; et, pour lui faire plus de honte, il réunit sa maman, Élysée et Marie, et pendant qu'il leur racontait cela, il exigea que la gourmande restât au milieu d'eux, coiffée d'un bonnet à l'envers.

A peine le papa eut achevé de dire la chose qu'on entendit une voix..... quand je dis on entendit, je me trompe, le papa l'entendit, la maman l'entendit, et Élysée et Marie l'entendirent aussi; Augustine seule ne l'entendit pas.

Voilà donc qu'ils entendirent une voix douce comme de la musique, qui dit :

— HONNEUR AUX ENFANTS SAGES !

Et une voix criarde et nasillarde en même temps répondit :

— HONTE AUX ENFANTS MÉCHANTS !

Cette voix, Augustine, l'entendit, je vous en réponds, car elle tressaillit de tous ses membres.

Au son de la première voix, qui venait d'un côté de l'appartement où ils étaient, chacun regarda de ce côté, sauf Augustine, qui, je viens de vous le dire, n'avait rien entendu.

L'on venait de se retourner de l'autre côté, de celui d'où était partie la voix désagréable, lorsqu'une main douce, blanche, potelée, tape amicalement sur l'épaule de Marie. Marie se retourne, et que voit-elle ? la fée Blanchette, devant elle, la fée Blanchette, qu'elle voyait pour la première fois, la fée Blanchette qui la trouvait assez sage pour se montrer et pour lui donner une petite poupée.

Oui, mes enfants, elle lui donna une poupée, et bien jolie encore ; une poupée habillée en bergère, avec de beaux rubans et un bien joli chapeau de paille ; oh ! mais bien joli !

Le papa, la maman et Élysée ne s'é-
taient pas encore retournés, que Marie tenait sa poupée dans ses mains.

Elle regardait la fée, muette d'étonnement et de plaisir, sans penser même
à lui dire merci, lorsque Blanchette
tapa aussi sur l'épaule de son frère ;
son frère se retourne, et elle lui donne
une belle boîte de couleurs, des pin-
ceaux et un beau livre.

Élysée, comme sa sœur, était sur-
pris, ébahi, et, comme sa sœur, il regardait la fée sans rien dire.

Alors le papa et la maman se retournent, ils voient les cadeaux dans
les mains des enfants ; mais ils n'aper-
çoivent pas la fée. Pardi, je crois bien !
elle n'avait voulu se montrer qu'à
Marie et à Élysée ; et les fées ont ce pouvoir, quand cela leur plaît, d'être auprès des personnes sans qu'elles puis-

sent se douter qu'elles y sont, parce qu'elles se rendent invisibles.

— Et d'où avez-vous sorti ces belles choses? dit la maman.

— La fée vient de nous les donner, dit Marie.

— La fée? demanda la maman.

— Mais, oui, la fée, reprend Élysée. Tu ne la vois pas, elle est là.

Et il indiquait à côté de lui où était la fée.

Le papa et la maman avaient beau regarder, ils ne voyaient rien. Je crois bien, la fée ne voulait pas se montrer à eux.

— Et quelle fée? demanda le papa.

Il pensait bien que c'était la fée Blanchette, cette bonne fée qui lui donnait toujours des choses, à lui, quand il était petit, parce qu'il était bien sage; il pensait bien que c'était cette fée et qu'elle voulait rester invisible pour lui; mais il le demandait tout de même.

— Quelle fée? répond Élysée, je ne sais pas son nom; seulement, je vois qu'elle est bien jolie et tout habillée de blanc.

Augustine, malgré sa frayeur et la crainte, bien naturelle, que devait lui inspirer sa méchanceté, Augustine écoutait cette conversation; elle regardait les cadeaux de son frère et de sa sœur, elle ne voyait pas la fée Blanchette; oh! non, elle n'était pas assez sage pour qu'elle lui donnât ce plaisir; et cependant elle commençait à se dire, pour la première fois, à elle-même, c'est vrai, je ne suis pas sage.

Les fées savent ce que nous pensons; la fée Blanchette devina ce que pensait Augustine. — Ah! lui, dit-elle, Augusgustine, mais sans se montrer à elle, ah! tu commences à comprendre que tu n'es pas sage; c'est un premier pas, et je t'en félicite; comprends aussi que tu dois te corriger; cesse d'être gourmande, ne touche plus à rien; alors tu cesseras d'être voleuse. Et puis ne mens plus; enfin, sois sage comme tes frère et sœur, et je me montrerai aussi à toi, et je deviendrai ton amie : différemment, j'enverrai la fée Noire pour te corriger.

A ce mot : la fée Noire, Augustine éprouva un frisson et un froid qui courut par tout son corps : son papa et sa maman lui avaient raconté combien la fée Noire était méchante, et comment elle punissait les petits enfants qui n'étaient pas sages.

Alors Blanchette toucha l'épaule de la maman et du papa et la maman et le papa la virent; puis elle leur dit, en leur donnant une poignée de main à chacun :

— Vous rappelez-vous comme je venais vous voir souvent quand vous étiez petits ? c'est que vous étiez bien sages, vous autres.

— Aussi, bonne fée, nous t'aimons bien, lui répond le papa.

— Et moi aussi, dit la fée, je vous aime bien; voyez si je vous aime : Elysée et Marie sont sages, mais encore ils peuvent l'être davantage, et malgré que je ne me montre aux enfants que lors-qu'ils sont tout à fait gentils, c'est-à-dire lorsque l'on n'a rien à leur reprocher, pas la moindre faute, lorsqu'ils étudient bien à l'école, eh bien, quoique Marie ait quelques petits reproches à se faire; qu'Elysée soit un peu paresseux et in-souciant, cependant je me suis montrée à eux par amitié pour vous et pour votre dame ; à la vérité j'ai l'espoir que Marie se corrigera entièrement.

— Oh ! je te le promets, fée, répond Marie.

— Dis fée Blanchette, reprend la fée ; et puis elle ajoute :

Et qu'Élysée cessera d'être paresseux et se défera de son insouciance.

— Tu peux y compter, bonne fée Blanchette, répond Elysée.

C'était bien dur pour la gourmande Augustine de n'avoir eu que des reproches et des menaces de la fée ; c'était bien dur d'entendre les amitiés qu'elle faisait à son papa, à sa maman, à son frère et à sa sœur ; c'était bien dur et d'autant plus dur, qu'elle seule, de toute la maison, avait été privée du plaisir de la voir.

— C'est bien, mon petit ami, dit la

fée à Élysée, c'est bien, et j'y compte.

Puis elle amena le papa et la maman dans un coin, afin que les enfants ne pussent pas l'entendre ; et là elle leur dit :

— Augustine est assez punie aujourd'hui ; ne lui faites plus rien, je vous prie.

— Comme tu voudras, répond le papa.

— Je ne demande pas mieux, ajoute la maman.

Je crois bien qu'elle ne demandait pas mieux cette bonne maman ; ils sont si contrariés et si peinés les papas et les mamans d'être obligés de punir les enfants pour les corriger, qu'ils ne sont jamais plus heureux que lorsqu'ils se corrigent d'eux-mêmes.

— Je vais vous quitter ; mais, avant, laissez-moi faire, reprend la fée.

— Tout ce que tu voudras, dit la maman. Alors ils se rapprochèrent des enfants, et Blanchette, sans jamais se montrer à Augustine, dit à Élysée et à Marie :

— Je vais m'en aller; cependant, avant de partir, je vous fais la recommandation expresse de ne pas laisser toucher à votre sœur les cadeaux que je vous ai faits; pas seulement toucher, entendez-vous? je ne veux pas que les méchants s'amusent des choses que je donne; rappelez-vous bien que si vous y laissez toucher votre sœur je vous les reprends de suite.

—Oh! je t'en prie, bonne fée, sois bonne, permets qu'elle s'amuse avec nous; elle sera sage, je t'en réponds, fait Marie.

—Dans ce cas, dit Élysée, fée Blanchette, tu peux reprendre la boîte et le livre que tu m'as donnés, je ne saurais pas m'en servir si je devais repousser ma sœur, lorsqu'elle viendrait soit à lire avec moi, soit à...

La fée ne le laissa pas achever.

— Bons enfants, leur dit-elle, vous êtes bien gentils d'aimer ainsi votre sœur.

Le papa et la maman étaient bien contents ; oh ! je vous en réponds, c'est un si grand charme pour les papas et les mamans de voir leurs enfants s'aimer de tout leur cœur.

Augustine qui jusqu'alors avait fait de bien amères réflexions, qui comprenait combien elle était coupable, qui se promettait de ne plus être gourmande ni menteuse à l'avenir ; Augustine qui avait pris la ferme résolution de se corriger ; Augustine qui jusqu'alors s'était tenue à l'écart toute honteuse et confuse, Augustine se jette dans les bras de son frère, puis dans ceux de sa sœur et les couvre l'un et l'autre de baisers.

Puis, tout en larmes, car elle pleurait, elle pleurait, et bien amèrement, je vous en réponds, elle se retourne du côté d'où elle avait entendu parler la fée, car elle ne la voyait pas encore, vous le savez.

— Bonne fée Blanchette, oh ! bonne fée, lui dit-elle, pardonne moi ; je te le promets bien, je me corrigerai.

Alors aussi, elle va vers sa maman d'abord, puis vers son papa, les embrasse et puis, pleurant toujours, de regret et de repentir d'avoir été à la fois gourmande, menteuse et voleuse, elle leur dit :

— Aimez-moi, aimez-moi, comme vous aimez Élysée ; aimez-moi comme vous aimez Marie; aimez-moi comme eux, je serai sage comme eux.

Le papa et la maman pleuraient presque de joie de voir leur fille corrigée.

Alors Blanchette se fit voir à Augustine: comme elle fut ravie! jugez; puis Blanchette lui dit :

— Je crois à ta promesse et j'espère que la première fois que je me montrerai encore tu auras autant de droits à mon amitié que Marie et Élysée.

— Vous le verrez, vous verrez s'il y aura personne de plus sage que moi, répond Augustine; j'ai trop souffert et et je souffre tant d'avoir été vilaine, pour que je le sois encore.

— C'est très-bien ma fille, ajoute le papa.

— Que je t'embrasse, Augustine, dit la maman, et aussitôt elle la prend dans ses bras et lui donne deux bons baisers.

— Et puis, continue Augustine, j'ai pu apprécier le bonheur de ma sœur et de mon frère; j'ai pu apprécier combien les enfants sages sont heureux; je le comprends ce bonheur, et soyez assurés que je le goûterai toujours.

— Viens, Augustine, dit la fée, viens, je te crois bien corrigée.

En effet Augustine l'était au point que jamais, jamais plus elle n'a été gourmande; que jamais, jamais plus elle n'a touché à rien du tout, du tout; et que jamais plus elle n'a menti, pas même pour la plus petite chose; ç'a été fini, jamais plus Augustine n'a dit un mensonge.

— Viens, Augustine, dit la fée Blanchette, puis elle l'embrasse; elle embrasse aussi Élysée et Marie, puis la maman et le papa, puis elle disparaît, sans qu'on s'aperçût de quel côté elle était partie ; seulement on entendit d'un côté du mur une voix douce qui disait :

— Soyez toujours bien sages, enfants, et la bonne fée Blanchette qui veille sur vous vous récompensera, et vos parents vous aimeront, et vous les rendrez heureux, tandis que de l'autre côté, une voix désagréable qui déchirait les oreilles et faisait mal à entendre, grommelait entre ses dents :

— Soyez méchants, enfants, et la fée Noire viendra vous punir, et vos parents ne vous aimeront pas, et vous leur causerez du chagrin.

LA

PETITE BOUDEUSE

LA PETITE BOUDEUSE.

Henriette était une petite fille boudeuse; mais boudeuse, au point qu'on aurait dit que son plus grand plaisir était de bouder.

Et quel bouder encore? quand elle commençait elle ne finissait plus, et elle recommençait si souvent, si souvent, que de bouderie en bouderie elle passait les trois quarts de la journée.

Pour la moindre chose elle boudait; si elle avait placé une chaise et qu'on

la changeât de place, crac, elle boudait;
si elle adressait une question à son
papa, à sa maman ou à son grand-
papa, ou à toute autre personne, si on
ne lui répondait pas de suite, crac, elle
boudait encore; à table, si, en la ser-
vant on lui donnait un autre morceau
que celui qu'elle désirait, elle boudait
encore; enfin elle boudait, elle boudait
de tout et toujours.

Cependant elle avait déjà près de
huit ans; à cet âge on est assez grand
pour comprendre combien c'est vilain
de bouder et être corrigé de la boude-
derie.

C'est encore si impoli de bouder,
que je parierais, bien qu'aucun des petits garçons ou des petites filles qui li-
sent ce conte ne boude jamais, ou
bien, si par hasard il boude quelquefois je parierais qu'il va comprendre

combien le bouder dénote un enfant commun, mal élevé, sot et stupide, et qu'il se corrigera de suite.

Voilà donc que le papa de la petite Henriette usait de tous les moyens qui lui venaient dans l'idée pour corriger sa fille; sa pauvre petite mère se mettait en quatre pour lui faire perdre une si mauvaise habitude; son grand-papa faisait tous ses efforts pour lui faire comprendre combien elle était sotte; ah! baste! c'était peine perdue, rien n'y faisait.

Mais avant de continuer, il est bien juste que je vous dise ce que faisaient le papa et la maman de la petite Henriette; il faut bien que vous le sachiez, dès le moment que je vous dis son conte.

Son papa était ébéniste, et comme il n'avait d'autre fortune que son travail

9

pour faire aller le ménage, il était obligé de travailler tous les jours, tous les jours ; sa maman qui était polisseuse de son état, l'aidait bien quelque peu à gagner pour le ménage, mais la pauvre, elle avait si peu de temps pour travailler de cet état-là ; elle en avait si peu de temps, qu'elle ne gagnait presque rien.

Ce n'est pas difficile à comprendre qu'elle avait bien peu de temps, puisqu'elle devait faire le ménage chaque jour ; préparer le déjeuner, le dîner, le souper, laver les assiettes, mettre la table, la retirer ; puis faire les lits, laver et repasser le linge, le raccommoder ; puis encore, s'occuper des provisions qu'il fallait aller chercher ; soigner la petite Henriette et le grand-papa. La petite Henriette, qui, trop jeune encore, était incapable de rien faire, et le grand-papa qui vieux, vieux, ne pouvait plus travailler ; bien loin de là, il avait quatre-vingts ans passés ; et le pauvre était souvent malade, et son état réclamait de grands soins ; et comme la maman d'Henriette pour tout au monde n'eût pas voulu que rien lui fît faute, elle était bien occupée à le soigner.

Tantôt, c'était de la tisane qu'il fallait faire ; tantôt une potion qu'il fallait aller chercher chez le pharmacien.

Ce n'était pas peu de chose, allez, que son travail de ménage et ses soins à donner à grand-papa, sans compter encore le temps que la boudeuse Henriette lui faisait perdre pour tâcher de la corriger.

Et elle en perdait, elle en perdait, vous pouvez en juger, si elle en perdait ; Henriette boudait toujours.

La maman donc gagnait peu d'argent, et, comme vous le savez, le papa était obligé de travailler toujours.

Cependant, il fallait en finir avec cette bouderie de toujours; il fallait s'occuper de corriger Henriette, il était temps; elle avait déjà plus de sept ans.

Le papa était bien contrarié de devoir se déranger de son travail, oh! il faut le dire, ça le contrariait beaucoup; mais, plutôt que d'avoir une fille boudeuse, une sotte que personne n'aurait aimée, que tout le monde eût repoussée, il préférait se déranger.

Après avoir fait son plan de correction dans sa tête il attendait pour l'exécuter qu'Henriette boudât.

Oh! il ne dut pas attendre, il ne s'impatienta pas, allez; Henriette boudait trop souvent.

Je vous laisse à penser s'il attendit longtemps; pas un quart d'heure seulement, il n'attendit pas ; vous allez voir.

Voilà qu'Henriette était dans la boutique où travaillait son papa, lorsqu'il venait de faire son plan de correction ; elle jouait avec sa poupée, et elle était assise sur une marche d'escalier qu'il fallait descendre pour venir de l'intérieur de la maison dans la boutique.

Voilà donc qu'elle jouait avec sa poupée, assise sur cette marche, lorsque la maman qui devait faire de la tisane au grand-papa, vint chercher des copeaux pour allumer le feu.

Jusque-là, tout allait bien, Henriette s'était même un peu dérangée pour laisser passer sa maman, ce qui était bien rare chez elle, tant elle était sotte ; notez-le bien mes enfants bien-aimés, et rappelez-vous-en si jamais il vous prenait envie de bouder ou même de ne pas être prévenants envers tout le monde et particulièrement envers votre papa, votre maman et vos grands-papas.

Chose extraordinaire donc, Henriette s'était un peu dérangée.

Mais voilà que la maman, après avoir ramassé ses copeaux, repasse pour s'en retourner à la cuisine ; cette fois, la petite sotte ne se dérange pas ; quelques débris de copeaux tombent sur elle, en passant ils échappent à la maman ; un autre enfant, vous, par exemple, vous vous seriez secoué et tout était dit ; ce n'était pas un si grand malheur.

Mais Henriette, ce fut différent.

En voilà assez pour la faire bouder ; elle jette sa poupée, elle jette les chiffons qu'elle avait sur son tablier, se lève en grognant, s'en va dans un coin, et la voilà boudant, mais boudant de toute sa force.

Jusqu'alors, quand elle boudait, son papa, selon qu'elle boudait plus ou moins fort, ou la grondait ou l'envoyait se coucher; et ni bouder, ni bouder, fît-il jour ou non, elle était forcée d'obéir, sinon, gare madame *Taloche*, ainsi que le lui disait le papa.

Elle en avait tâté une fois et ne se souciait guère d'y revenir.

Alors elle ne se le faisait pas redire, elle se rappelait trop bien qu'un jour le papa l'avait accompagnée jusque dans la chambre en la fouettant.

De désobéir elle était bien corrigée, mais de la bouderie? oh! non.

Jusque-là son papa n'avait employé que la réprimande, ou l'avait envoyée coucher, fît-il jour ou non, et voilà tout.

Et comme jusqu'alors, vous le savez, elle ne s'était pas corrigée de sa bouderie, le papa était décidé à en finir.

Néanmoins, quand on y réfléchit, c'est bien dur d'être ainsi obligé de se coucher au milieu de la journée.

Il ne faut pas que cela nous arrive jamais à nous autres.

Mais, je m'en vais d'une chose à l'autre et je laisse là le conte comme si je l'avais oublié.

Voilà donc qu'Henriette, après avoir jeté poupée et chiffons, se lève et vient bouder dans un coin.

Son papa quitte l'ouvrage et vient se mettre à son côté :

— Veux-tu que je t'aide ? lui dit-il.

Henriette ne répond pas.

— Je vais t'aider, ajoute le papa, à nous deux nous aurons plus tôt fini.

Pas de réponse d'Henriette.

— Allons, je t'aide, dit le papa, et il se met à la contrefaire ; il feint de bouder.

C'était bien se moquer d'elle ; aussi, elle bisquait, elle bisquait, mais elle ne voulait pas démordre de sa bouderie.

— En aurons-nous pour longtemps ? demande le papa.

Pas plus de réponse de sa fille que les autres fois.

— Regarde, Henriette, dit le papa, pour mieux se moquer encore d'elle, regarde comme je me dépêche ; dépêche-toi aussi, comme cela notre bouderie sera finie dans un moment.

Henriette se tait encore, et redouble de plus belle dans sa bouderie.

— Oh ! c'est par trop fort, dit le papa ; allons, mademoiselle, allez-vous-en bouder plus loin.

Aussitôt il la pousse par les épaules dehors de sa boutique, dans la rue, et ferme la porte.

Puis il s'accoude sur la fenêtre de sa boutique, comme s'il n'avait rien à faire, disant à toutes les personnes qui passaient.

— Prenez garde, monsieur.

Ou bien, si c'était une dame :

— Prenez garde, madame, ne dérangez pas cette petite demoiselle, elle boude.

Quelle honte, n'est-ce pas? eh bien, malgré cela, Henriette continua encore. Était-elle sotte? l'était-elle? je vous le laisse à penser.

Pauvre papa, il souffrait beaucoup de la voir si méchante; vingt fois il fut sur le point de sortir et de faire jouer madame *Taloche*, mais il se contint toujours espérant qu'elle se corrigerait et lui épargnerait le chagrin d'en venir à des coups.

Enfin, malgré tout ce qu'avait fait ou dit le papa, la nuit arriva qu'Henriette était encore dans la rue.

Alors le papa ferma la fenêtre de sa boutique, alluma sa chandelle, et sans plus s'occuper d'elle, se mit à travailler.

Il était si contrarié et si peiné de voir Henriette si méchante, qu'il s'en fallait de bien peu qu'il ne la mît à la porte tout à fait.

Et que serait-elle devenue, grand Dieu ! sans maison, la nuit, dans la rue ! voilà pourtant à quoi s'exposent les enfants méchants.

La maman ignorait ce qui se passait ; occupée là-haut, elle n'était pas descendue à la boutique, aussi elle ne savait rien, mais rien de rien.

La voilà qu'ayant fini le sel, sans se douter de la moindre chose, elle descend pour en aller acheter, et naturellement elle ne passa pas dans la boutique, elle passa par la porte de l'allée.

En sortant elle voit Henriette.

L'idée ne lui vint pas qu'elle boudait ; cependant, c'est bien la première chose qu'elle eût dû penser, tant il lui arrivait souvent de voir bouder sa fille.

— Viens avec moi, Henriette, lui dit la maman.

La petite ne demandait pas mieux que de se voir tirée de là. Dans son entêtement, dans sa bouderie, elle était bien contente de trouver l'occasion d'en sortir, sans avoir cédé d'elle-même, ce qui aurait eu lieu sans doute, car elle commençait à comprendre qu'il lui faudrait passer la nuit dans la rue, ou faire le premier pas ; et ce premier pas lui répugnait beaucoup; mais elle l'aurait fait plutôt que de rester dehors.

Ce premier pas lui répugnait beaucoup, car, comment, après avoir fait la méchante pendant si longtemps, rentrer de but en blanc, comme ça, sans que personne vous ait appelé.

Les enfants boudeurs se figurent qu'on se moquerait d'eux s'ils agissaient ainsi, s'ils venaient dire, en cessant d'eux-mêmes de bouder : je ne boude plus; ils sont bien dans l'erreur; au contraire les papas, les mamans, et tout le monde seraient bien contents, et d'autant plus contents que ce serait un premier pas de fait, et un premier pas c'est beaucoup, car, pour se corriger il n'y a que le premier pas qui coûte.

Alors donc, voilà qu'aussitôt que sa

maman eût dit à Henriette de venir, elle lui répond :

— Oui, maman, je veux bien ; et où vas-tu ? ajoute-t-elle.

— Chez l'épicier, dit la maman.

Le sel acheté, sa maman et elle s'en retournent à la maison.

Le papa, bien décidé à ne plus s'occuper de sa fille, puisqu'elle était si incorrigible, croyait l'avoir laissée dans la rue, il monte chez lui, après avoir fini sa journée.

Alors il voit Henriette ; aussitôt il pense que fatiguée de bouder elle était montée d'elle-même.

Ce n'est pas étonnant, il ignorait, ce bon papa, que la maman avait fini le sel, et que c'était elle qui avait ramené la boudeuse.

Alors donc, ce bon papa, content de voir sa fille et pensant qu'elle allait se corriger, ne voulait rien dire qui eût trait à sa bouderie, pour ne pas lui faire de la peine.

Content, il s'empresse de la prendre dans ses bras et l'embrasse bien tendrement, avec beaucoup de plaisir.

Mais c'était pas ça; il s'en fallait de beaucoup qu'elle se fût corrigée; le lendemain déjà Henriette débute par bouder; aussi est-elle envoyée à l'école sans avoir pris son café au lait, voici comment :

Elle s'était mis, je ne sais pas pourquoi, dans l'idée de prendre son café dans un grand verre; par complaisance, sa maman y aurait peut-être consenti; oh! oui, elle y aurait consenti; elle est si bonne, mais Henriette, au lieu de le demander poliment, dit :

— Je veux mon café dans ce verre.

— Que dis-tu, Henriette, lui répond

la maman sur un ton à lui prouver qu'elle n'aimait pas que sa fille fût impolie?

— Je veux mon café dans ce verre, répète la petite fille.

— Qu'est-ce à dire, je veux! reprend la maman, c'est bien vilain de parler ainsi.

— Je le veux, répond Henriette.

— Et moi je ne le veux pas, dit la maman.

— Je le prendrai, continue-t-elle.

— Qu'est-ce à dire ; je le prendrai, répond la maman, sur un ton bien fâché.

— Eh bien! je ne déjeunerai pas, dit Henriette.

— Certainement, que tu ne déjeuneras pas, fait alors la maman, et aussitôt elle l'envoie à l'école, sans lui rien donner, pas même du pain sec.

A son retour, elle vient comme d'habitude, jouer dans la boutique de son père, riant, chantant, folâtrant, passant et repassant auprès de lui et si étourdiment que son père, qui se servait de la scie dans ce moment, craignit qu'elle n'y vînt se blesser.

— Fais attention, Henriette, lui dit-il, tu finiras, en allant et venant ainsi, par te faire prendre par la scie et te blesser.

Il n'en fallut pas davantage pour exciter sa bouderie.

Aussitôt la voilà se dirigeant dans un coin, et là boudant de tout son savoir.

Alors son père qui avait mis en usage tant de moyens sans pouvoir la corriger, alors son père essaie de tout fermer et de la laisser seule.

Aussitôt pensé, aussitôt fait ; le voilà fermant la porte de la rue d'abord, puis la fenêtre de la boutique, comme si c'était nuit, puis s'en allant et fermant la porte qui conduit dans la maison.

Et bonjour, mon Henriette.

La voilà toute seule; elle se figurait qu'on ne la laisserait pas longtemps, mais pas du tout, personne ne venait la chercher.

Toutes les fois qu'elle entendait descendre elle pensait que c'était pour elle, mais, bernique, pas du tout. La nuit arrive, personne; l'heure de souper arrive, personne; l'heure de se coucher arrive, personne; elle entend fermer partout dans la maison, personne.

Il fallait se résigner et prendre son parti; elle y était bien forcée. Elle avait faim, et rien pour souper; elle commençait à avoir froid, et rien pour se couvrir; il fallait ou appeler ou passer la nuit dans la boutique.

En appelant elle aurait soupé, elle

aurait couché dans son lit ; mais la bouderie et son maudit entêtement l'emportèrent ; la vilaine préféra souffrir la faim, le froid et être mal couchée que de se soumettre.

— Ah ! tu préfères souffrir que de te soumettre, lui crie une voix, alors que tout le monde dormait dans la maison et qu'il n'y avait plus moyen de sortir de la boutique.

Ah ! tu préfères souffrir que de te soumettre, répète la même voix ; et pour mieux lui faire sentir comme elle était sotte, elle ajoute d'un ton à la glacer de crainte :

— Eh bien, tu seras satisfaite ; tu souffriras.

En effet voilà sa faim qui devient plus grande, son froid qui augmente ; la voilà grelottant, grelottant de tous ses membres sur le tas de copeaux où elle s'est couchée.

Cette voix qu'elle a entendue, c'est celle de la fée Noire. Elle voudrait bien sortir de son mur pour faire ses méchancetés à la boudeuse, mais la fée Blanchette ne le veut pas ; elle pense, la fée Blanchette, qu'Henriette se corrigera ; aussi ne veut-elle pas donner encore carte blanche à la méchante fée Noire.

Pauvre Henriette, si elle savait comme la fée Noire a mauvais cœur, elle ne s'exposerait pas ainsi.

Blanchette ne veut pas même qu'elle sorte du mur ; seulement elle lui a permis de crier, de sa vilaine voix, les mots que vous venez d'entendre.

Ni le papa, ni la maman, ni le grand-papa n'avaient dormi de toute la nuit ; ils pensaient aux souffrances de leur fille.

Pauvres parents, ils sont toujours bien malheureux de vous voir souffrir; mais ils le sont bien davantage quand c'est par votre faute; quand vous ne voulez pas vous corriger; ils le sont malheureux! mais à tel point qu'ils souffrent encore plus que les enfants eux-mêmes.

Le papa et la maman étaient donc très-peinés, bien chagrins, aussi, le lendemain, à peine faisait-il jour que le papa descendait dans la boutique; il espérait qu'Henriette viendrait vers lui; il espérait que cette leçon lui aurait profité. Il se trompait encore, elle ne profita pas du tout à cette incorrigible Henriette.

Elle profita si peu, que dès qu'elle vit son papa elle se remit à bouder.

C'était par trop fort; vous comprenez, mes amis, qu'il y avait à désespérer et à impatienter tout le monde.

— Méchante fille, lui dit son papa, méchante fille; allez-vous-en et vite encore; car je ne sais ce que je ferais si vous restiez là.

Alors Henriette se lève et se prépare à monter dans la maison.

— Allez-vous-en dans la rue, dit le papa, et vivement encore; allez-vous-en, je ne veux plus d'une boudeuse comme vous, allez-vous-en et que la fée Noire fasse de vous ce qu'il lui plaira.

A l'instant la fée Noire se montre dans le mur qui vient de s'ouvrir. Elle se dispose à descendre et à la venir fouetter avec son fouet de serpents et de couleuvres, quand, heureusement pour Henriette, sa maman paraît à la porte qui conduit dans la maison.

Pauvre maman! elle voit la fée Noire prête à tomber sur sa fille, à l'expatrier

peut-être, et pour longtemps, longtemps, ou bien, à la changer en mulet
ou en âne.

Car vous le savez, mes amis, l'âne
et le mulet sont des animaux bien en-
têtés.

Pauvre maman! elle comprend tout
le danger qui menace sa fille et malgré
qu'elle soit si boudeuse, qu'elle la fasse
fâcher si souvent, elle voudrait la
sauver.

— Bonne fée Blanchette, s'écrie
aussitôt la maman, toujours dans le but
de sauver Henriette des fureurs de la
fée Noire, qui commençait à descendre
du mur; bonne fée Blanchette! tu
m'aimais quand j'étais petite, tu m'aimais parce que j'étais sage, si tu m'ai-
mes encore, empêche que la fée Noire
ne prenne ma fille.

La maman n'avait pas fini ces mots,

et la fée Noire n'était pas encore tout à fait descendue du mur qu'on entend de l'autre côté de la chambre et dans l'autre mur : rrrrrit ! et la fée Blanchette apparaît belle, belle comme vous la connaissez, mes enfants.

Aussitôt la fée Noire qui était tout juste descendue au pied du mur et faisait le premier pas pour aller prendre Henriette s'arrête tout court.

Henriette, toute tremblante de frayeur de ce qui allait lui arriver, regardait Blanchette d'un air suppliant, mais si suppliant, qu'elle semblait lui dire : sauvez-moi, bonne fée Blanchette, sauvez-moi ! je me corrigerai, je ne bouderai plus ; ah ! non, bien sûr, je ne bouderai plus,

— Oh ! je t'en prie, bonne fée Blanchette, s'écrie la maman, corrige ma fille, mais que la fée Noire ne l'emmène pas,

De son côté le papa voulait sa fille corrigée, mais il se souciait peu de la voir s'en aller pour toujours.

Les fées savent ce que nous pensons.

Or, la fée Blanchette connaissant la pensée du papa et cédant aux prières de la maman, qui tous les deux avaient été des enfants bien gentils leur dit :

— Tranquillisez-vous, la boudeuse ne s'en ira pas.

— Ce n'est pas pour elle ce que j'en fais ; ses regards ont beau être suppliants, elle a beau avoir de la frayeur, ce n'est pas pour elle que je retiens la fée Noire, il est trop tard, elle a resté trop longtemps à se corriger ; c'est pour vous, papa et maman, c'est pour vous qu'elle ne sera pas changée en âne noir de charbonnier.

La fée Noire était dépitée ; elle est si méchante, mais si méchante qu'elle aurait bien voulu faire aller son fouet de couleuvres; et puis après lui faire venir quatre jambes, de longues oreilles, du poil par tout le corps, enfin la changer en âne.

Elle n'avançait pas vers Henriette, mais elle était si colère, cette méchante fée Noire, qu'elle trépignait des pieds et qu'elle marmottait toute espèce de choses contre la fée Blanchette.

Blanchette ne les entendait pas parce qu'elle les disait à voix bien basse, mais Blanchette les savait ces mots, car les fées savent tout; mais Blanchette n'en était pas courroucée; elle connaît bien sa fée Noire, elle sait combien elle aime à faire le mal, combien elle est mauvaise et cruelle, aussi elle la laisse dire.

Voilà donc que Blanchette sans faire attention à la mauvaise humeur de la fée Noire lui dit: rentrez.

Aussitôt, elle rentre dans le mur et le mur se referme.

Restée seule, la fée Blanchette dit à la petite fille d'un ton dur et sec qui la fit trembler :

— Vous avez été bien méchante, Mademoiselle, j'espère que vous cesserez d'être sotte ; rappelez-vous sans cesse le danger que vous venez de courir, et remerciez bien votre maman et votre papa de m'avoir priée. C'est pour eux que j'ai consenti à vous laisser ici ; c'est pour eux, qui étaient si sages quand ils étaient petits, que je vous sauve.

Puis elle ajoute : allez, et n'oubliez jamais que je vous veillerai de bien près, jusqu'à ce que vous soyez corrigée.

Alors la fée rentre dans son mur et Henriette se promet bien de se corriger.

Quinze jours s'étaient passés et la petite fille n'avait pas boudé ; le papa et la maman la croyaient parfaitement corrigée ; ils étaient heureux, bien heureux de ce changement.

— Allons, disait le papa, la fée Blanchette nous a rendu un grand service de nous conserver notre petite Henriette, elle est si gentille depuis qu'elle est corrigée, que si je l'aimais bien avant, je l'aime encore davantage, je l'aime tout plein,

— Et moi donc, dit la maman ; jamais elle ne pourra comprendre combien je l'aime.

— C'est vrai, reprit le papa, on les aime tant les enfants, surtout quand ils sont sages.

Pauvres parents, ils se réjouissaient trop tôt, Henriette n'était pas corrigée.

Vous allez voir :

Le papa et la maman en étaient là de leur conversation lorsque la petite fille rentra de la pension.

Elle embrasse son papa et sa maman et demande à goûter.

—Rien de plus juste, ma petite Henriette, lui dit sa maman, je vais te faire une tartine de miel.

— Oh! quel bonheur, répond Henriette en sautant de joie, quel bonheur!

Et la maman se met à préparer la tartine, et la lui donne.

— Montre ta tartine, lui dit son papa, elle sent mauvais, je crois

— Oh! non, fait Henriette, elle est bien bonne.

— Voyons, reprend le papa, que je la flaire; la petite fille rapproche la tartine du nez de son papa qui se baisse comme pour la flairer et crac, il y mord.

C'était pour lui faire une gentillesse, c'était dans le but de plaisanter que le papa avait mordu à la tartine; c'était pour jouer et pour rire enfin.

Mais voilà-t-il pas que cette petite sotte se fâche de cela et se met à bouder.

Oui, à bouder, mes petits enfants; à bouder; vous la pensiez peut-être corrigée, après tout ce qui lui était arrivé? pas du tout, elle se remet à bouder comme une sotte qu'elle est. Elle laisse sa tartine sur la table et s'en va dans un coin.

Le papa et la maman étaient si étonnés, si étonnés de la revoir bouder qu'ils ne pouvaient le croire, ils la regardaient de leurs grands yeux écarquillés, ils la regardaient bouder et cela leur paraissait impossible.

Cependant Henriette n'en était pas moins dans un coin, la figure tournée du côté du mur, cachant son visage dans ses mains et boudant, mais boudant de toutes ses forces, comme auparavant.

Mais voilà que tout à coup une flamme de feu sort du mur et vient frapper sur sa main droite qui servait à cacher une partie de sa figure.

Aïe ! fait la petite boudeuse et elle se met à pleurer, à pleurer, mais à pleurer.

Je crois bien, elle avait la main toute brûlée.

Le papa et la maman comprirent que c'était la fée qui avait envoyé cette flamme de feu, mais ils se gardèrent bien d'en rien dire.

Ils n'en dirent rien parce qu'ils voyaient que la fée seule pouvait corriger leur fille ; ils n'en dirent rien, non plus, pour ne pas déplaire à la fée

Blanchette qui, venait de se montrer à eux et du doigt leur avait fait signe de se taire.

Voilà donc Henriette avec la main toute brûlée et pleurant à chaudes larmes.

La voilà souffrant beaucoup, beaucoup et cependant boudant encore.

Elle s'était bien enfuie d'auprès du mur, mais elle n'était pas venue auprès de ses parents qui la regardaient sans rien dire.

Elle s'était enfuie d'auprès du mur pour venir se placer derrière un gros fauteuil qui était auprès de la cheminée, mais à peine venait-elle d'y arriver que, crac, le fauteuil se met à se balancer tout seul, et si fort et si vivement que la boudeuse n'a pas le temps de se sauver et que le fauteuil lui donne un coup sur le front qui lui fait du sang, beaucoup, mais beaucoup de sang, car elle avait un grand trou au front.

Elle en avait, elle en avait du sang, que sa figure en était pleine, aussi pleurait-elle plus fort encore, et cependant, voyez, mes enfants, jusqu'à quel point elle était méchante, elle ne venait pas encore auprès de ses parents.

Ses pleurs étaient bien forts, alors qu'une voix plus forte encore, une voix grosse, dure et criarde tout à la fois, se fait entendre.

Henriette se tait, et cette voix, vilaine à faire trembler de frayeur tous ceux qui l'entendaient, cette voix dit :

— Et de deux : voyons qui se lassera plus tôt ? toi de bouder ou moi de te corriger.

Alors, seulement alors, Henriette comprit que la flamme qui l'avait brûlée avait été dirigée par la fée Noire, qui lui avait fait traverser la muraille ; que le fauteuil qui l'avait blessée avait été secoué par la fée Noire ; alors, seulement alors, elle eut peur et elle se rapprocha de son papa et de sa maman.

De suite, on lui lava la figure, on étancha le sang, on lui pansa le front, on lui mit des emplâtres à la main pour la guérir, et on la coucha.

Elle était bien blessée, allez, vous pouvez m'en croire.

Elle guérit enfin, mais elle n'en eut pas moins une cicatrice au front qui la rendait laide, pas beaucoup, beaucoup, mais un peu, et sa main resta vilaine, toute cicatrisée, et si ridée qu'on aurait dit qu'elle portait un gant mal fait, et de mauvais parchemin encore.

Voyez-vous, mes enfants, voilà ce que l'on gagne à ne pas se corriger.

Le papa et la maman étaient déses-

pérés de voir leur petite ainsi défigurée.
Ils n'osaient pas parler à la fée Blanchette, la prier d'empêcher la fée Noire
de faire tant de mal à leur fille pour la
guérir de son maudit défaut de bouderie ; ils n'osaient pas prier la bonne fée
et ils craignaient toujours, toujours
qu'Henriette ne se reprît à bouder.

Ils étaient bien malheureux, allez, ce
petit papa et cette excellente bonne
mère, aussi étaient-ils tristes, mais
tristes.

Or, comme les fées savent tout, Blanchette était bien loin d'ignorer ce qui
les rendait si tristes, et, sans leur rien
dire, elle avait défendu à la fée Noire
d'agir si sévèrement envers Henriette
quand elle se remettrait à bouder ;
car Blanchette savait que la petite fille
n'était pas tout à fait corrigée, qu'elle
rebouderait encore et dans peu de temps.

En effet, cela ne manqua pas.

Peu de jours après elle bouda.

Elle était bien incorrigible, cette petite sotte. N'y aurait-il pas à dépiter tout le monde, pas vrai, mes amis?

Enfin elle bouda.

Comme d'habitude elle se place contre le mur, mais à peine y est-elle qu'un bras, ayant une main toute noire et velue, sort de la muraille, et, v'lan, Henriette reçoit un soufflet, mais un soufflet, à étourdir un bœuf.

Vous pensez bien s'il devait être fort; c'est la fée Noire qui le lui donnait, et la fée Noire est si méchante, si cruelle, qu'elle n'est heureuse que lorsqu'elle peut faire le mal, et alors, je vous réponds qu'elle n'y va pas de main morte.

Tout étourdie de ce soufflet, Henriette s'éloigne en pleurant.

Je crois bien qu'elle pleurait, elle en avait la joue enflée.

Elle vient se placer auprès de la table : crac, voilà qu'un pied de la table se détache, et lui donne un coup sur la cuisse qui l'envoie tomber deux pas plus loin.

Le papa et la maman qui l'avaient laissée seule pour ne pas la voir punir par la fée, parce que cela leur faisait trop de peine, et qui cependant, voyant qu'elle retombait toujours dans la même faute, étaient bien décidés à la perdre plutôt que de ne pas la voir se corriger, le papa et la maman avaient bien entendu comme le bruit d'un soufflet, mais, ils n'avaient pas bougé ; oh ! pas plus que rien du tout. D'ailleurs ça se conçoit, ils étaient décidés à tout ne voulant plus avoir une boudeuse..

C'est bien triste, qu'il y ait des enfants assez méchants pour ne pas se corriger et pousser ainsi leurs parents qui les aiment tant, jusqu'au point de ne plus tenir à eux; c'est bien triste et bien cruel pour ces pauvres parents.

Mais revenons à notre conte.

Le papa et la maman, décidés à la perdre si elle ne se corrigeait pas, avaient entendu le bruit du soufflet et ils n'avaient pas bougé.

Il n'en fut pas de même lorsqu'ils entendirent le bruit qu'elle fit en tombant sous le coup de pied de la table. Voilà que le papa et la maman arrivent avec empressement et ils voient leur méchante boudeuse qui commençait à se relever, mais, qui, dès qu'elle les vit venir à elle, oubliant sans doute le soufflet et le coup de pied, se recoucha pour continuer de bouder encore.

Au même instant : Aïe ! aïe ! aïe ! elle fait et des cris, et des cris, tout en se relevant avec une vitesse, une promptitude extraordinaires.

Je crois bien qu'elle se relevait promptement ; à travers le plancher, la fée Noire faisait pousser des aiguilles qui la piquaient, qui la piquaient, mais partout, aux jambes, aux bras, au corps, aux mains, à la figure, partout, partout.

Vous pouvez penser si elle se releva promptement et si elle changea vite de place.

Alors sa maman vint à elle.

— Ma fille, lui dit-elle, tu vois bien tout ce qui t'arrive ; pourquoi ne te corrigerais-tu pas ?

Henriette baissa la tête et bouda encore.

Crac, voilà qu'il sort un jet d'eau de

ses pieds qui vient frapper juste sur sa figure et la force non--seulement à relever la tête, mais encore à changer de place.

Elle n'en était pas moins toute baignée ; sa bonne maman vient pour l'essuyer, alors, seulement alors, il s'opéra un changement subit en elle. Alors, elle se met à pleurer et, comme, si, pour la première fois, elle comprenait combien elle avait tort d'avoir été si boudeuse, elle dit à sa maman qui l'essuyait, et tout en pleurant à chaudes larmes :

— J'ai été bien sotte, ma bonne maman, oh ! pardonne-moi, je te prie, je ne le serai plus ; puis elle saute au cou de son père et lui dit : oh ! mon petit papa chéri, pardonne-moi, toi aussi, je suis corrigée, tu peux en être sûr, je suis corrigée.

Oh! je comprends maintenant combien vous avez dû souffrir de me voir si boudeuse, mais, soyez tranquilles, je ne bouderai plus.

Oh! je veux vous aimer comme vous le méritez, vous qui m'aimez tant; vous verrez, c'est fini, jamais plus je n'aurai des défauts; oh! bien sûr, je vous le promets, car dès que vous m'en signalerez un je me corrigerai.

— Bien, ma fille, dit alors la bonne fée qui, pendant ce temps, avait ouvert le mur sans faire de bruit, bien, c'est très-bien, mon Henriette.

Le papa et la maman pleuraient de joie; c'était un si grand bonheur qui leur arrivait de voir leur fille guérie de ses bouderies.

— Ne pleurez pas, leur dit Henriette, je ne vous trompe point, je suis corrigée, ne pleurez pas, vous verrez.

Elle ne comprenait pas, cette petite fille, que l'on pleure aussi de joie ; elle cherchait à tarir les larmes de ses parents sans comprendre combien elles étaient douces.

Oui, mes bons enfants, elles étaient bien douces, vous êtes trop jeunes encore pour le comprendre mais, plus tard, vous éprouverez qu'autant sont amers les pleurs que provoque le chagrin, autant ont de charmes ceux qu'on donne au bonheur.

— Bien, ma fille, répéta Blanchette, bien ; te voilà corrigée, puisse ton exemple servir à tous les enfants boudeurs ; puissent-ils se corriger tous sans que jamais la fée Noire ne s'en mêle.

Pendant qu'elle disait cela on entendit comme un grognement dans le mur :

c'était la fée Noire qui murmurait du désir de la fée Blanche, désir qui ne tendait à rien moins qu'à lui enlever les petits qu'elle corrige et à la priver ainsi de son plus grand plaisir, celui de faire le mal.

— Tais-toi, fée Noire, lui cria Blanchette, et la fée Noire se tut.

Puis, elle dit à Henriette : — Sois bien sage et dans quelque temps je viendrai te visiter ; à revoir, mais avant, comme tu es bien gentille, que je guérisse tes cicatrices. Aussitôt elle lui toucha le front et la main et les cicatrices s'effacèrent, et son front et sa main devinrent comme avant.

Alors elle rentra dans son mur, et le mur se referma sur elle.

Depuis, Henriette n'a plus boudé et ses parents sont bien contents d'elle, avec d'autant plus de raison qu'elle se corrige de tout dès qu'on le lui dit, aussi a-t-elle eu déjà la visite de la fée Blanche qui lui a donné, Dieu sait combien de joujoux.

FIN

TABLE DES MATIÈRES

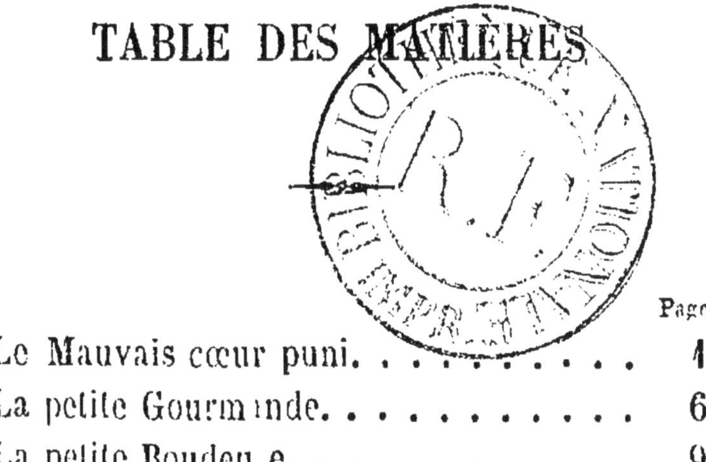

	Pages.
Le Mauvais cœur puni.	13
La petite Gourmande.	63
La petite Boudeu e.	95

LAGNY, — Imprimerie de VIALAT et Cie,